AF460759

Vente des Mardi 22 et Mercredi 23 Mai 1877

HOTEL DROUOT, SALLE N° 3

COLLECTION DE M. SCH***

BELLES

PORCELAINES

DE LA CHINE

TERRES ÉMAILLÉES, BRONZES, ÉMAUX

SCULPTURES EN BOIS ET EN IVOIRE

OBJETS VARIÉS

BELLES ETOFFES BRODÉES

Le tout rapporté de Pékin

EXPOSITION PUBLIQUE

Le Lundi 21 Mai 1877, de une heure à cinq heures.

Mᵉ ESCRIBE	M. CHARLES MANNHEIM
COMMISSᴿᴱ-PRISEUR	EXPERT
Rue de Hanovre, n° 6.	Rue Saint-Georges, n° 7

PARIS — 1877

Vve RENOU, MAULDE et COCK
IMPRIMEURS DE LA COMPAGNIE DES COMMISSAIRES-PRISEURS
Rue de Rivoli, 144

CATALOGUE

De belles et anciennes

PORCELAINES

DE LA CHINE

TELLES QUE

VASES, PLATS, COUPES, JARDINIÈRES, ETC.

Décorés en émaux de la famille verte et autres, céladon bleu turquoise
Pièces d'échantillons

TERRES ÉMAILLÉES, BRONZES, ÉMAUX

SCULPTURES EN BOIS ET EN IVOIRE

OBJETS VARIÉS

BELLES ÉTOFFES BRODÉES

Composant la Collection de M. Sch***

ET DONT LA VENTE AURA LIEU

HOTEL DROUOT, SALLE N° 3

Les Mardi 22 et Mercredi 23 Mai 1877

A DEUX HEURES

Par le ministère de **Mᵉ ESCRIBE,** Commissaire-Priseur,
rue de Hanovre, 6,
Assisté de **M. CH. MANNHEIM,** Expert, rue Saint-Georges, 7.

EXPOSITION PUBLIQUE

Le Lundi 21 Mai 1877, de une heure à cinq heures.

PARIS — 1877

CONDITIONS DE LA VENTE

Elle sera faite au comptant.

Les Acquéreurs paieront CINQ POUR CENT en sus des adjudications.

DÉSIGNATION DES OBJETS

PORCELAINES

1 — Très-beau Vase en forme de balustre, en ancienne porcelaine de Chine, décoré en émaux de la famille verte. La panse offre des lambrequins renversés à fond rouge brique et réserves, relevé de fleurs émaillées en couleurs. Le col présente des frises de fleurs et d'ornements ainsi que des mufles de chimères tenant des anneaux d'or, d'où s'échappent des fleurs et des rinceaux. Socle en terre émaillée vert et jaune.

2 — Vase en forme de bouteille, en ancienne porcelaine de Chine, décoré de fleurs arabesques et de palmes en émaux de la famille verte.

3 — Deux Vases en forme de balustre, en porcelaine de la Chine craquelée gris, avec parties réservées décorées d'ornements en relief et émaillées brun. Les anses, formées de têtes de cerf, sont de même nuance. Socles en bois.

4 — **Très-grand et beau Plat rond en ancienne porcelaine de Chine, fond bleu fouetté et décor d'or.**

5 — Joli Bol en ancienne porcelaine de Chine, décoré de sujets mythologiques en émaux de la famille verte. Marque rare.

6 — Brûle-Parfums, de forme rectangulaire, à couvercle en toit pouvant former coupe, en porcelaine de Chine, à ornements gaufrés en relief et à arêtes saillantes ; le tout émaillé bleu clair. Règne de Kien-Long.

7 — Vase en forme de potiche, en ancienne porcelaine de Chine; décor de fleurs et d'insectes en émaux de la famille verte.

8 — Très-curieux petit Vase en forme de balustre, en porcelaine de Chine, décoré à l'imitation d'agate jaspée. Il porte un cachet doré indiquant qu'il a été fabriqué sous le règne de Kien-Long.

9 — Joli petite Coupe ronde en ancienne porcelaine de Chine à grilles réticulées à jour et à médaillons de personnages en relief réservés en biscuit. Pièce rare.

10 — Petit Vase en forme de bouteille, en porcelaine (Chine, bleu soufflé et à reflets métalliques violacés.

11 — Petite Boîte ronde en porcelaine de Chine, décorée d'ornements en relief et émaillée vert d'eau. Le couvercle plat offre des caractères en relief.

12 — Bouteille en porcelaine de Chine, émaillée violet jaspé de bleu.

13 — Vase, de même forme, en porcelaine de Chine émaillée bleu uni.

14 — Petit Vase en forme de balustre, en porcelaine de Chine émaillée rouge vermillon uni.

15 — Pi-Tong formé d'un tronc de bambou en céladon bleu turquoise.

16 — Petite corbeille à pans, à grilles découpées, en porcelaine de Chine.

17 — Petite Coupe ronde, à deux anses, en ancien blanc de Chine; elle porte un cachet rectangulaire. Socle en bois.

18 — Petite Coupe analogue, à anses têtes chimériques; elle porte aussi un cachet carré. Socle en bois.

19 — Petit Vase en forme de balustre, renversé, émaillé rouge rouille.

20 — Petit Vase en forme de balustre décoré à l'imitation du bronze.

21 — Joli petit Plateau oblong et à lobes en porcelaine de Chine, décoré d'un grand nombre de figures d'enfants très-finement peints et représentant la fête des princes. Le bord est décoré de fleurs arabesques émaillées en couleurs sur fond carmin.

22 — Plateau, de même forme, décoré à l'imitation des laques rouges ciselés de Pékin.

23 — Flacon à long col en ancienne porcelaine de Chine, décoré, dans les deux tiers de sa hauteur, d'ornements et de fleurs émaillés bleu et blanc sur fond brun mat.

24 — Petit Vase en forme de bouteille, en porcelaine de Chine craquelée gris et jaspée d'émail brun et violacé.

25 — Petit Vase en forme de balustre surbaissé, en porcelaine de Chine émaillée rouge violacé.

26 — Cinq petits Vases, variés de formes, en ancienne porcelaine craquelée brun de la Chine, décorés de figures et d'ornements en camaïeu bleu.

27 — Petit Vase en forme de balustre surbaissé, en porcelaine de Chine, décoré de branches de bambou et de pêcher en grisaille sur fond jaune et portant diverses inscriptions.

28 — Pi-Tong en porcelaine de Chine, découpé à jour et à figure, chimère et oiseaux gaufrés en relief et émaillés en couleurs sur fond jaune.

29 — Joli petit Écran en porcelaine de Chine, décoré sur une de ses faces d'un paysage montagneux et sur l'autre de dragons. Ces médaillons sont encadrés de deux bordures dont l'une est fond rose et l'autre à fond blanc sur lequel se détachent des fleurs arabesques émaillées bleu. Le support est décoré à l'imitation du bois.

30 — Deux Pi-Tongs en ancienne porcelaine de Chine, décorés en émaux de la famille verte; l'un d'eux à figures dans un paysage et l'autre à dragon.

31 — Autre Pi-Tong en porcelaine de Chine, à bandes d'ornements bleus et entre-deux offrant des rosaces découpées à jour couvertes seulement par une couche d'émail transparent.

32 — Pi-Tong en ancienne porcelaine craquelée grise de la Chine, décoré de bambous émaillés bleu.

33 — Pi-Tong carré en vieux Chine, décoré de figures dans des paysages en émaux de la famille rose.

34 — Petite Coupe carrée et évasée en ancienne porcelaine de Chine, décorée en émaux de la famille verte; groupes de figures dans des paysages et portant diverses inscriptions.

35 — Petit Vase en forme de potiche, en ancienne porcelaine de Chine, décoré de fleurs en émaux de la famille verte.

36 — Trois Statuettes de divinités debout dans diverses attitudes, en ancienne porcelaine de Chine; leurs vêtements sont décorés en émaux de couleurs.

37 — Deux Statuettes d'enfants debout, de même qualité.

38 — Petit Vase en forme de gourde, en ancienne porcelaine de Chine, décoré en émaux de la famille verte, à fleurs arabesques, ornements, et portant le signe de longévité plusieurs fois répété.

39 — Trois Flacons-Tabatières, dont deux en porcelaine de Chine, et le troisième en terre émaillée; ils sont tous trois décorés de paysages avec figures.

40 — Petit Écran carré en ancienne porcelaine de Chine, décoré d'un paysage avec figures en émaux de la famille verte ; monture en bois.

41 — Vase en forme de balustre, à col évasé, décoré d'un paysage émaillé en couleurs.

42 — Plat rond décoré d'une corbeille de fleurs en émaux de la famille verte.

43 — Autre Plat rond en ancienne porcelaine de Chine, décoré d'un paysage avec figures mythologiques exécutées en émaux de la famille verte.

44 — Vase, de forme ovoïde, en ancienne porcelaine craquelée vert de la Chine.

45 — Joli Vase en forme de balustre, en ancienne porcelaine de Chine, décoré de fleurs arabesques et oiseaux en émaux de la famille verte et rehauts d'or.

46 — Autre joli Vase en forme de potiche, à couvercle, en ancienne porcelaine de Chine, décoré de dragons et de nuages en émaux de la famille verte.

47 — Petit Écran formé d'une plaque en ancienne porcelaine de Chine, décoré en émaux de la famille verte.

48 — Petit Vase, à couvercle, en ancienne porcelaine de Chine, décoré de figures dans un paysage en émaux de la famille verte.

49 — Deux Figures d'enfants debout en ancienne porcelaine de Chine, décorées en émaux de la famille verte.

50 — Petit Vase en forme de cornet, en porcelaine de Chine, décoré de feuilles en émaux de la famille verte et d'un bandeau d'ornements et fleurs réservés en blanc sur fond rouge brique.

51 — Jardinière en forme de crapaud, en porcelaine de Chine, à fond vert granulé et parties émaillées rose.

52 — Pi-Tong, de forme cylindrique, en ancien blanc de Chine, composé de fleurs et découpé à jour.

53 — Chimère assise en porcelaine de Chine dorée, sur socle carré, décoré d'arabesques bleues.

54 — Deux Chimères assises en porcelaine de Chine fond bleu, soufflé d'émail violacé.

55 — Deux Éléphants debout, portant un petit vase en porcelaine de Chine, décorés au naturel et caparaçons émaillés rose.

56 — Petit Animal à tête de singe, en porcelaine de Chine émaillée noir et yeux mobiles très-saillants.

57 — Grand Vase en forme de balustre, en porcelaine de Chine blanche, à larges craquelures et à anses têtes chimériques émaillées brun.

58 — Écran formé d'une plaque ronde en porcelaine de Chine, décoré de dragons et d'ornements émaillés en couleurs.

59 — Petit Brûle-Parfums de forme surbaissée, à deux anses, en porcelaine craquelée gris de la Chine.

60 — Autre petit Brûle-Parfums, de forme analogue et de même qualité.

61 — Petite Tasse en porcelaine de Chine, avec récipient intérieur contenant une petite statuette mobile montant quand le vase est rempli de liquide.

62 — Petit Brûle-Parfums, de forme surbaissée et à deux anses, en porcelaine de Chine émaillée brun noir et portant un cachet indiquant le règne de Shuen-To (dynastie des Ming).

63 — Six très-jolies petites Tasses en porcelaine de Chine, décorées de figures dans des paysages en rouge.

64 — Petite Coupe en forme de barque en porcelaine de Chine, décorée de volatiles et d'arbustes. Époque de Kien-Long.

65 — Petite Bouteille en céladon bleu foncé; socle en bois.

66 — Trois petits Vases en forme de bouteille, en porcelaine craquelée de la Chine, variés de décors.

67 — Trois autres petits Vases de forme analogue, l'un d'eux en porcelaine craquelée, un autre à décor en camaïeu bleu, et le dernier à décor en émaux de la famille verte.

68 — Joli petit Flacon à eau, de forme sphérique, en porcelaine soufflée bleu de la Chine, orné d'un dragon émaillé brun en relief.

69 — Autre Flacon carré, en porcelaine de Chine, émaillé vert, orné d'un dragon en relief émaillé brun.

70 — Petit Tigre en porcelaine de Chine, émaillé jaune et marbré de brun.

71 — Joli petit Vase de forme cylindrique, en porcelaine de Chine, décoré de dragons et de nuages en camaïeu noir sur fond jaune impérial.

72 — Petit Vase de même style, décoré de figures dans un paysage. Époque de Young-Tcheng.

73 — Petit Vase de même décor, mais sur fond bleu turquoise.

74 — Petit Brûle-Parfums, formé d'un crapaud en céladon bleu turquoise.

75 — Pou-Taï, dieu du contentement; figurine en céladon bleu turquoise.

76 — Petit Vase en forme de balustre aplati, en porcelaine de Chine, émaillé jaune impérial et décoré d'un dragon en relief émaillé brun. Socle en bois.

77 — Très-joli petit Vase en forme de balustre renversé en céladon bleu turquoise, décoré d'un dragon en camaïeu noir.

78 — Petit Flacon plat en ancienne porcelaine de Chine, décoré de figures en émaux de la famille verte et de dragons en relief.

79 — Flacon-Tabatière en porcelaine de Chine soufflée de bleu ; il est de forme cylindrique.

80 — Flacon-Tabatière en forme de balustre, en porcelaine de Chine, décoré de deux bateaux à vapeur. Marque du règne de Taô-Kouang.

81 — Flacon à eau, de forme oblongue, à fond bleu et médaillons de paysages.

82 — Porte-Allumettes cylindrique, à fond bleu clair, gravé et décoré de fleurs émaillées en couleurs.

83 — Flacon-Tabatière en forme de coquille, en porcelaine soufflée bleue.

84 — Très-petit Vase en forme de losange, en céladon bleu turquoise et à ornements gaufrés.

85 — Deux jolies petites Tasses en ancienne porcelaine de Chine, décorées de fleurs en émaux de la famille verte.

86 — Flacon à eau, formé d'un petit crapaud en céladon vert d'eau.

87 — Deux très-jolis petits Plats ronds en ancienne porcelaine de Chine, décorés en émaux de la famille verte, à figures dans des paysages. Marque à six caractères.

88 — Joli petit Plat à lobes en ancienne porcelaine de Chine, décoré au centre d'une figure de femme en émaux de la famille verte, et au bord de compartiments variés de décors.

89 — Petite Coupe ronde en porcelaine de Chine, décorée de dragons gravés émaillés vert et violet sur fond jaune impérial.

90 — Petit Plat rond en porcelaine de Chine, décoré au centre d'un sujet mythologique, et au pourtour de huit génies. Marque à quatre caractères.

91 — Deux Plateaux ronds en porcelaine de Chine, décorés de figures dans des paysages.

92 — Deux Plateaux ronds en porcelaine de Chine : l'un d'eux à fond rose ; l'autre à fond jaune gravé et fleurs émaillées en couleurs.

93 — Joli Plateau en porcelaine de Chine, décoré en bleu et rouge de cuivre. Au centre, Lao-Tseu et son cerf ; au bord, les huit génies sur des vagues. Marque rare.

94 — Plateau rond en porcelaine de Chine, décoré de jeux d'enfants dans un paysage.

95 — Plateau rond en porcelaine de Chine, décoré de dragons émaillés jaune sur fond bleu. Marque du règne de Kien-Long.

96 — Plateau rond en ancienne porcelaine de Chine, décoré de fleurs et de papillons en émaux de la famille verte.

97 — Deux petites Coupes rondes en porcelaine de Chine, décorées de figures dans des paysages.

98 — Deux autres petites Coupes rondes : l'une d'elles décorée d'un dragon vert, et l'autre de caractères et d'ornements.

99 — Plateau rond en porcelaine de Chine, décoré d'un médaillon de paysage, de dragons et d'ornements émaillés en couleurs sur fond vert d'eau.

100 — Deux petits Bols ou Coupes en porcelaine de Chine, à dragons gravés émaillés violet sur fond vert émeraude. Règne de Kien-Long.

101 — Deux petites Coupes présentoires, à couvercle, en porcelaine de Chine gaufrée et émaillée rouge à l'imitation des laques de Pékin. Même époque.

102 — Deux petites Coupes en porcelaine de Chine, à fleurs arabesques et ornements émaillés en couleurs et rehaussés d'or sur fond bleu d'eau. Même époque.

103 — Autre petite Coupe en porcelaine de Chine, décorée de fleurs émaillées en couleurs sur fond d'or; elle est dorée à l'intérieur. Même époque.

104 — Deux petites Coupes de même porcelaine et de même époque; elles sont décorées de figures de femmes et d'animaux en camaïeu bleu sur fond d'émail blanc gravé imitant des vagues.

105 — Deux petites Coupes en porcelaine de Chine, décorées de dragons gravés et émaillées jaune impérial. Règne de Kien-Long.

106 — Deux petites Coupes rondes en porcelaine de Chine, à décor d'or sur fond rouge brique. Même époque.

107 — Quatre petites Coupes rondes en ancienne porcelaine de Chine, décorées de divinités et portant des caractères en camaïeu bleu. Époque de Tchang-Hoa (dynastie des Ming).

108 — Jardinière ronde en même porcelaine et de décor analogue; elle porte la figure de Bouddha et l'inscription O-Mi-To-Fo, invocation à Bouddha.

109 — Deux petites Coupes à bords festonnés, en porcelaine de Chine, décorées à l'extérieur à l'imitation de feuilles de chou, émaillées en couleurs et rehaussées d'or. Époque de Kien-Long.

110 — Deux autres Coupes de même porcelaine, décorées de fleurs émaillées en couleurs sur fond rouge. Même époque.

111 — Petite Coupe en porcelaine blanche, avec dragon gaufré à l'intérieur.

112 — Deux très-petites Coupes en porcelaine de Chine, décorées de dragons émaillés bleu. Même époque.

11 — Petite Coupe ronde en céladon vert d'eau, à fleurs gaufrées sous émail. Socle en bois.

114 — Quatre Tasses en porcelaine de Chine, décorées d'ornements émaillés vert et de caractères dorés sur fond vert olive.

115 — Deux Coupes rondes en porcelaine de Chine, décorées d'insectes et d'ornements émaillés en couleurs sur fond jaune. Époque de Kien-Long.

116 — Plateau rond en porcelaine de Chine, décoré de fleurs arabesques et d'ornements émaillés en couleurs; socle en bois. Même époque.

117 — Flacon-Tabatière en forme de vase, en porcelaine de Chine, décoré d'arabesques en rouge et or; bouchon en cuivre ciselé et émaillé.

118 — Petit Vase à eau en porcelaine de Chine émaillée brun, vert et or, décoré à l'imitation du bronze.

119 — Petite Boîte rectangulaire en porcelaine blanche gaufrée à ornements.

120 — Petit Éléphant debout, surmonté d'un vase en porcelaine blanche gaufrée.

121 — Anneau pour tirer l'arc en porcelaine de Chine, décoré de caractères gaufrés en relief et dorés sur fond bleu.

122 — Trois Flacons-Tabatières en porcelaine de Chine, dont deux de forme carrée et le dernier de forme aplatie.

123 — Cinq petits Flacons-Tabatières, variés de formes et de décors.

124 — Deux Porte-Allumettes appliques, en forme de vase à deux anses, décorés de médaillons de paysages.

125 — Porte-Allumettes applique, en forme de bouteille, à fond rouge, décoré d'arabesques d'or et cartouche contenant quantité de caractères.

126 — Porte-Allumettes applique, en forme de vase à balustre à deux anses, en porcelaine gaufrée, émaillé vert d'eau et médaillon de paysage.

127 — Deux Porte-Allumettes appliques, en forme de vase, variés de forme et de décor.

128 — Tomate en porcelaine de Chine, décorée au naturel.

129 — Deux petites Coupes (Vide-Poche) en porcelaine de Chine, décorées de fleurs arabesques, émaillées sur fond bleu d'eau.

130 — Deux petits Plateaux carrés en porcelaine de Chine, à dragons gaufrés en relief et émaillés jaune impérial.

131 — Deux Figurines de divinités debout en porcelaine blanche.

132 — Vase en forme de balustre à long col, en porcelaine de Chine, décoré de dragons en bleu sur fond blanc.

133 — Vase en forme de balustre, décoré de paysages avec figures en camaïeu bleu.

134 — Vase en forme de bouteille, en porcelaine de Chine flambée violet, blanc et brun.

135 — Vase en forme de rouleau, en porcelaine de Chine à fond noir et décor d'or à fleurs et oiseaux.

136 — Grande Jardinière ronde, à panse sphérique, à anses têtes chimériques, en porcelaine de Chine, décorée de figures dans des paysages en camaïeu bleu et rouge de cuivre.

137 — Petit Vase en forme de bouteille à col renflé, en porcelaine de Chine, à décor de fleurs et d'ornements en camaïeu bleu. Époque de Kien-Long.

138 — La Déesse Kouan-In, figurine en ancien blanc de Chine.

139 — Petit Vase en forme de balustre surbaissé, à deux anses, en porcelaine de Chine, émaillé jaune Nankin, à côtes et à feuilles et ornements en relief émaillés vert. Socle en bois de fer.

140 — Petit Vase en forme de balustre, en porcelaine de Chine, décoré de fleurs, de dragons et du signe de longévité, émaillés en couleurs sur fond filigrané de rouge. Socle en bois de fer.

141 — Pi-Tong, de forme cylindrique, en ancienne porcelaine de Chine, décoré de figures en émaux de la famille verte.

142 — Pi-Tong, de même forme, décoré de fleurs et d'un oiseau en émaux de la famille verte. Belle qualité.

143 — Gobelet à bord légèrement évasé, décoré de fleurs et d'ornements gravés sous émail. Règne de Young-Tcheng.

144 — Petit Pi-Tong cylindrique, décoré d'un groupe de trois figures très-finement exécutées en émaux de couleurs. Règne de Tao-Kouang.

145 — Encrier à six pans, en vieux Chine, décoré de fleurs en émaux de la famille verte.

146 — Plat rond en ancienne porcelaine du Japon, à décor en bleu, rouge et or, et étoile à quatre branches relevées de fleurs.

147 — Deux petites Coupes rondes en porcelaine de Chine, à ornements en relief émaillés en couleurs sur fond bleu clair. Règne de Kien-Long.

148 — Deux petits Plateaux ronds en porcelaine de Chine, émaillés bleu d'eau. Ils offrent à leur centre un petit groupe de deux figures en ronde-bosse, entourées de monnaies et de divers attributs se détachant en relief, en or et en couleurs. Ces divers attributs représentent chacun un souhait dédié à la personne qui reçoit l'objet en présent. Règne de Kia-King.

149 — Petit Éléphant couché, en porcelaine de Chine, couvert d'un riche caparaçon et portant un petit vase en forme de balustre à fond bleu et décor d'or.

150 — Deux Plateaux présentoires en porcelaine de Chine, décorés de fleurs et d'ornements en bleu et rouge de cuivre. Règne de Kien-Long.

151 — Petite Coupe formée de deux chauves-souris, en porcelaine de Chine, émaillée rouge et relevée d'or. Le fond de la pièce est décoré de vagues de la mer et de petites chauves-souris.

152 — Quatre jolis petits Plateaux ronds en ancienne porcelaine de Chine, décorés de dragons et de fleurs émaillées en couleurs sur fond noir. Règne de Young-Tcheng.

153 — Boîte ronde en ancien blanc de Chine; son couvercle porte, réservée en relief et en biscuit, une inscription arabe.

154 — Petit Brûle-Parfums ou Jardinière de forme cylindrique en ancien blanc de Chine, offrant dans son pourtour trois médaillons ronds renfermant des inscriptions en caractères arabes réservées en relief.

155 — Jardinière rectangulaire en ancienne porcelaine de Chine, à décor bleu composé d'ornements et de médaillons ronds renfermant des inscriptions arabes; marque chinoise à six caractères indiquant que cette pièce a été fabriquée sous le règne de Tchang-To, de la dynastie des Ming.

156 — Coupe ronde en ancienne porcelaine de Chine, décorée de figures dans un paysage en bleu et rouge de cuivre. Elle porte une marque à quatre caractères indiquant que cette pièce a été fabriquée sous le règue de Schuen-To, dynastie des Ming.

157 — Deux Tasses, sans anses, en porcelaine de Chine, décorées des huit génies mythologiques sur des vagues.

158 — Bol à quatre lobes en porcelaine de Chine, décoré de barques portant des figures émaillées en couleurs sur fond gravé imitant les vagues de la mer. L'intérieur est émaillé bleu. Règne de Kien-Long.

159 — Bol en porcelaine de Chine, décoré de dragons en rouge de fer. Même époque.

160 — Bol en porcelaine de Chine, à fond rouge et médaillons de fleurs et animaux. Même époque.

161 — Bol, de même porcelaine, à fond rose et médaillons de personnages émaillés en couleurs. Règne de Kien-Long.

162 — Bol en porcelaine de l'Inde, décoré de médaillons, de paysages et de figures costumées à l'européenne. Le fond est filigrané d'or.

163 — Six Statuettes debout en ancienne porcelaine de Chine, dont quatre émaillées en couleurs.

164 — Jeu de dix petites Coupes en porcelaine de Chine, décorées de figures finement peintes en couleurs.

165 — Pi-Tong, de forme cylindrique, en porcelaine de Chine, fond émaillé vert gravé et médaillons de fleurs.

166 — Petit Bol en porcelaine de Chine, décoré de fleurs et d'insectes en couleurs.

167 — Quatre Soucoupes en porcelaine de Chine, variées de décors. Époque de Kien-Long.

168 — Coupe ronde en porcelaine de Chine, décorée d'un dragon et nuages en bleu et rouge de cuivre. Règne de Tchong-Hoa, dynastie des Ming. Socle en bois.

169 — Petite Coupe ronde en porcelaine de Chine, émaillée jaune impérial et dragon gravé sous émail.

170 — Deux Coupes rondes à côtes en porcelaine de Chine, émaillées violet uni. Époque de Kien-Long.

171 — Bol à pans en porcelaine de Chine, décoré de figures de divinités émaillées en couleurs. Même époque.

172 — Plateau rond, à bord droit, en ancienne porcelaine de Chine, décoré de fleurs et d'ornements en émaux de la famille verte et portant dans un cartouche une longue inscription en rouge sur fond blanc.

173 — Très-petite Coupe ronde, à bords renversés vers l'intérieur, en porcelaine de Chine, décorée d'un dragon et de fleurs arabesques émaillées en couleurs sur fond jaune.

174 — Deux Soucoupes en forme de fleur dont les pieds sont formés de branchages et de fleurettes en relief émaillés en couleurs. L'intérieur est décoré au centre de deux dragons et du signe de longévité en or.

175 — Plateau rond en porcelaine de Chine, fond jaune gravé, décoré de fleurs émaillées en couleurs. Époque de Kien-Long.

176 — Plateau, de même forme et de même porcelaine, décoré d'ornements et de fleurs émaillés en couleurs. Époque de Kien-Long.

177 — Coupe ronde en ancienne porcelaine de Chine, décorée de dragons gravés sous émail bleu uni.

178 — Petit Plateau carré en céladon bleu turquoise sur pied en bois.

179 — Petit Cornet en ancienne porcelaine de Chine, décoré de figures dans un paysage.

180 — Théière, à anse surélevée, en porcelaine de Chine dorée.

181 — Boîte ronde en ancienne porcelaine de Chine, décorée d'une corbeille de fleurs et d'ornements en émaux de la famille verte.

182 — Brûle-Parfums, de forme sphérique, en porcelaine de Chine, décoré de fleurs arabesques émaillées en couleurs sur fond jaune clair et à médaillons découpés à jour. Le couvercle doré est surmonté d'une chimère.

183 — Théière, à anse surélevée, en ancienne porcelaine de Chine, décorée de fleurs en émaux de la famille rose.

184 — Deux petits Plateaux carrés en céladon bleu turquoise.

185 — Figure de divinité accroupie en porcelaine blanche de Chine.

186 — Autre Divinité accroupie en ancienne porcelaine craquelée gris de la Chine; les chairs sont émaillées brun. Socle en bois.

TERRES ÉMAILLÉES

187 — Curieuse figure de personnage debout, à tête finement modelée et réservée en terre, et vêtement émaillé rouge.

188 — Vase en forme de balustre allongé, en terre rougeâtre claire, décoré de fleurs arabesques et d'ornements émaillés bleu. Qualité rare.

189 — Le Génie du nord, figure assise en terre, avec parties émaillées en couleurs. Le socle carré est émaillé vert.

190 — Deux Jardinières carrées en terre émaillée brun, décorées de fleurs et de paysages en couleurs et à bordure d'ornements bleus. Socles en bois de fer.

191 — Petite Coupe en forme de fruit en terre émaillée ; elle contient une figure de divinité debout en ronde-bosse.

192 — Statuette de divinité debout en terre émaillée vert uni.

193 — Canard en terre émaillée, décoré vert jaspé et jaune.

194 — Autre Canard sur rocher en terre émaillée jaspée brun et violet. Socle en bois.

195 — Vase en forme de balustre, à quatre lobes et à deux anses composées de branches de fleurs en terre émaillée gris, jaspée de violet.

196 — Vase en forme de balustre en terre émaillée bleu violacé, taché de parties métalliques.

197 — Deux Chimères en terre émaillée gris jaspé et vert.

198 — Plateau en forme de feuille en terre émaillée jaspée de bleu et de brun.

199 — Petite Coupe en terre émaillée simulant la moitié de l'enveloppe d'une amande ; elle est émaillée bleu à l'intérieur. Socle en bois.

200 — Flacon carré à ornements gaufrés en relief et émaillés bleu, jaspé de brun.

201 — Joli Vase, de forme ovoïde, à goulot étroit, en terre émaillée bleu turquoise, et décoré de figures dans des paysages et de fleurs en camaïeu noir.

202 — Figurine de personnage accroupi tenant un éventail en terre émaillée brun et vert.

203 — Tête de divinité en terre émaillée vert et jaune provenant du Palais d'Été.

204 — Brique provenant également du Palais d'Eté, à fleurs en relief émaillées jaune sur fond vert.

205 — Vase, de forme ovoïde, en terre brune, décoré d'animaux en relief émaillés blanc.

206 — Figure d'homme assis en terre émaillée, dont les vêtements sont violets et verts.

207 — Autre Figure émaillée gris.

208 — Figure d'homme assis (le Génie boiteux), en terre émaillée blanc.

BRONZES

209 — Grand et beau Brûle-Parfums en bronze, à couvercle, orné ainsi que la panse de dragons en relief. Il repose sur trois têtes d'éléphant.

210 — Coupe ovale en bronze, à pois saillants reposant sur trois pieds et à deux anses formées d'anneaux. Cette pièce porte à sa partie supérieure des inscriptions arabes.

211 — Pagode en forme de tourelle, en bronze.

212 — Brûle-Parfums, de forme basse, à deux anses, en bronze, portant la marque du règne de Tchang-To, de la dynastie des Ming.

13 — Petit Vase en forme de balustre en bronze, à anses têtes chimériques. Même époque.

214 — Divinité en bronze doré, debout sur une fleur de lotus.

215 — Divinité bouddhique en bronze, sur pied formé d'une fleur de lotus.

216 — Petit Brûle-Parfums à couvercle en bronze à fleurs arabesques en relief doré sur fond brun. Le couvercle est composé de dragons.

217 — Brûle-Parfums formé d'un personnage monté sur un buffle.

218 — Brûle-Parfums, de forme surbaissée, à anses et têtes chimériques.

219 — Curieux Vase formé d'une feuille de lotus nouée. Bronze très-ancien, d'une belle réussite et de forme rare.

220 — Jolie petite Buire en bronze doré du Tonkin, décorée de fleurs gravées et de médaillons de fleurs et d'oiseaux en relief.

221 — Petit Brûle-Parfums, de forme antique, en bronze, à trois pieds.

222 — Petit Vase ou Jardinière de forme cylindrique, décoré d'arbustes en relief.

223 — Figure de bonze debout en bronze, sur socle découpé.

224 — Deux petites Tasses à deux anses, avec plateaux carrés en cuivre doré, décorées d'ornements gravés.

225 — Divinité accroupie (le Dieu du contentement), en bronze, sur pied en bois.

226 — Figurine analogue à celle qui précède.

227 — Divinité bouddhique, à quatre têtes et à huit bras, en bronze ciselé et doré, incrusté de pierreries. Socle en bois.

228 — Autre Divinité bouddhique, en bronze doré. Socle en bois.

229 — Jeu de trois Pièces en bronze, portant des inscriptions arabes. Travail chinois du règne de Tchang-To.

230 — Deux Pièces de travail analogue et de même époque.

231 — Vase en forme de balustre aplati, à dragons en relief et à deux anses.

232 — Petit Vase ovoïde en bronze, sur trois pieds formés de têtes d'éléphants.

233 — Jolie petite Divinité bouddhique en bronze ciselé et doré, incrusté de pierreries.

234 — Appuie-Main en bronze, à figures de femmes en relief.

235 — Petit Vase en forme de cornet, à panse carrée, entourée d'un dragon en relief.

236 — Très-petit Brûle-Parfums, de forme antique, en cuivre doré.

237 — Plateau en cuivre incrusté d'argent et portant des inscriptions.

ÉMAUX

238 — Jardinière, de forme sphérique aplatie, en ancien émail cloisonné de la Chine, décorée de fleurs sur fond bleu. Elle est ornée au pourtour de dragons en cuivre ciselé en bas-relief.

239 — Deux Vases en forme de balustre, en émail cloisonné de la Chine, à fleurs et ornements sur fond bleu turquoise.

240 — Boucle chinoise ou agrafe de ceinturon en cuivre, ornée d'une peinture sur émail, de travail européen, représentant Diane et Endymion.

241 — Deux petites Coupes et leurs plateaux à quatre lobes, en émail de la Chine, décorées d'arabesques en camaïeu noir et or sur fond bleu.

242 — Deux petits Plateaux à lobes en émail de la Chine, décorés de médaillons, de paysages et de figures costumées à l'européenne.

243 — Quatre petits Plateaux ronds en émail de Chine, décorés de figures dans un paysage et bords cailloutés à fleurs et ornements jaunes.

244 — Deux Coupes présentoires à couvercles en cuivre émaillé de la Chine, à attributs en grisaille sur fond blanc et bandes d'ornements sur fond vert clair.

245 — Deux petites Coupes (Vide-Poche) en cuivre émaillé, décorées de fleurs sur fond jaune.

246 — Petit Vase-Applique en forme de balustre, en émail de Chine, à médaillons de paysages et ornements bleus.

247 — Deux Crachoirs en filigrane avec parties émaillées.

248 — Deux petites Plaques à bords découpés, en émail cloisonné de la Chine, à fleurs arabesques sur fond bleu turquoise.

SCULPTURES EN BOIS

249 — Statuette de Fo en bois de fer sculpté.

250 — Divinité bouddhique en bois sculpté.

251 — Autre Divinité en bois sculpté et doré.

252 — Deux jolis petits Cadres en bois très-finement sculpté et découpé à jour, à médaillon de paysage, avec figures, dragons et ornements.

253 — Pi-Tong en bois de fer sculpté, à dragons en haut-relief.

254 — Deux Pi-Tongs en bambou sculpté, à figures dans des paysages.

255 — Fauteuil en bois de fer sculpté et découpé à jour. Beau travail.

SCULPTURES EN IVOIRE
OBJETS VARIÉS

256 — Corne à boire, formée d'une défense d'éléphant sculptée à dragons.

257 — Jolie petite Statuette de femme debout, en ivoire très-finement sculpté. Travail chinois très-soigné.

258 — Appuie-Main, de forme cintrée, en ivoire sculpté sur ses deux faces, à branches de fleurs et oiseaux.

259 — Joli Couteau à lame droite, à manche en ivoire sculpté et foureau également sculpté.

260 — Étui pour fleurs en ivoire sculpté, à fleurs, oiseaux et découpé à jour.

261 — Petit Écran formé d'une plaque rectangulaire en émail, représentant un paysage avec figures costumées à l'européenne; monture en bois et revers formé d'une glace.

262 — Couteau à manche de corne et Fourreau en métal argenté et doré.

263 — Écran finement peint sur soie, à manche d'ivoire. Il représente sur une de ses faces des vues de Pékin et, sur l'autre, des médaillons renfermant des fleurs.

264 — Pi-Tong, de forme cylindrique, en ivoire gravé, à figures dans un paysage.

265 — Deux petits Lions fabuleux debout en bois sculpté et doré.

266 — Petite Divinité debout en cristal de roche. Sur socle en bois.

267 — Écran en laque rouge ciselé de Pékin, représentant un paysage avec kiosque et personnages; monture en bois.

268 — Flacon-Tabatière en laque rouge de Pékin, très-finement ciselé, à figures d'enfants dans des paysages.

269 — Boîte ronde en laque rouge ciselé de Pékin, à figures dans un paysage.

270 — Autre Boîte en laque rouge de Pékin, en forme de fleurs.

271 — Deux Lanternes carrées en laque rouge ciselé de Pékin.

272 — Sceptre en laque rouge ciselé de Pékin, décoré de dragons se jouant dans les flots.

273 — Luth en bois laqué, à décor d'or.

274 — Dix petites Tasses carrées en laque noir burgauté, décorées de figures, de paysages et d'ornements.

275 — Jade vert. — Coupe en forme de feuille de lotus, à bords renversés vers l'intérieur. Socle couvert en étoffe.

276 — Pierre de lard rougeâtre. — Figurine d'homme accroupi.

277 — Pierre de lard verdâtre. — Figurine d'homme accroupi tenant un rouleau.

278 — Pierre de lard grise. — Statuette de Divinité debout, tenant une fleur.

279 — Pierre sonore en schiste gravé, à fleurs.

ÉTOFFES

280 — Belle Robe chinoise en soie gros bleu, brodée en soie blanche et lilas clair, à médaillons de fleurs et d'oiseaux.

281 — Beau Lambrequin en soie bleu foncé, brodé, à dragons en soies de couleurs et or, à figures dans des paysages.

282 — Très-belle Bande ou Lambrequin en satin rouge, brodé en soies de couleurs et or, à figures dans des paysages et garni d'une belle frange. Haut., 53 cent. Larg., 6m50.

283 — Quatre Panneaux pour paravent en soie brune brodée, à chimères, fleurs et ornements. Hauteur, 1m 55.

284 — Deux Lambrequins, de même travail et de même nuance.

285 — Quatre autres Panneaux en satin noir brodé, à chimères et fleurs en soies de couleurs et or. Haut., 1m 60.

286 — Belle Bande en soie gros bleu brodée, à fleurs arabesques bleu clair et blanc en soies de couleurs et caractères d'or. Haut., 0m 90. Larg., 2m 80.

287 — Dix très-jolis Panneaux en satin noir brodés à fleurs et attributs en soies de couleurs et or. Haut., 1m 60. Larg., 0m 47.

288 — Cinq Lambrequins de même travail et décor, avec bandes rouges brodées formant volant. Haut., 0m 85. Larg., 0m 92.

289 — Grand Panneau en satin rouge brodé, à fleurs et oiseaux en soies de couleurs. Haut., 1m 80. Largeur, 1m 30.

290 — Quatre Panneaux en satin noir brodé, à rosaces, fleurs et chimères en soies de couleurs.

291 — Panneau en satin rouge brodé, à fleurs en soies de couleurs.

292 — Panneau en soie noire brodé, à figures, fleurs et oiseaux en soies de couleurs.

293 — Lambrequin en satin bleu brodé, noir et bordure noire et or.

294 — Robe de soie blanche non faite, décorée de fleurs brodées.

295 — Robe non faite en gaze vert d'eau, brodée à fleurs et rocher en soies de couleurs.

296 — Deux Portières doubles en étoffe de laine rayée et imprimée, à fleurs et oiseaux.

297 — Très-beau Rouleau tissé en soies et rehaussé de couleurs, représentant une scène tirée de la mythologie chinoise. Composition d'un grand nombre de figures.

298 — Petit Rouleau peint sur soie, groupe de deux figures dans un paysage.

299 — Autre Rouleau peint sur soie, groupe de trois figures.

Vve Renou, Maulde et Cock, imprs de la Compagnie des Commissaires-Priseurs, rue de Rivoli, 144. 75514

www.ingramcontent.com/pod-product-compliance
Ingram Content Group UK Ltd.
Pitfield, Milton Keynes, MK11 3LW, UK
UKHW021039180726
13838UKWH00004B/1905